KB039233

너를 처음 만났을 때

이 도서의 국립중앙도서관 출판예정도서목록(CIP)은 서지정보유통지원시스템 홈페이지(http://seoji.nl.go.kr)와 국가자료공동목록시스템(http://www.nl.go.kr/kolisnet)에서 이용하실 수 있습니다. (CIP제어번호 : CIP2016030433)

내 작은 반려견에게 보내는 편지

너를 처음 만났을 때

심양섭 지음

한울

Contents

또또야, 함께 해줘서 고마워

재작년에 또또가 하늘나라로 갔다. 열두 해 한 침대에서 잠을 자며 친구처럼 지내던 말 그대로 반려견이었다. 내가 컴퓨터에서 글을 쓰고 있으면 곁에 있던 방석에 엎드려 빤히 쳐다보던 또또의 검은 두 눈이 생생하게 떠오른다.

서울 양재천에서, 수원 영통 독침산에서, 분당 탄천과 율동공원과 영장산에서 또또와 함께 걷고 오르고 달리던 때가 참 즐거웠다. 또또는 원래 우리 집 외동아들 재현이를 위해 입양했지만 재현이는 늘 공부하기에 바빴고 재현이 엄마도 날마다 출근해야 했기 때문에, 또또를 돌보는 것은 오롯이 내 책임이었다. 하지만 힘들어서 피하고 싶은 책임이 아니라 즐겁고 신나는 특권이었다. 또또와 영영 이별하기 다섯 해 전부터는 미용도 내가 직접 했다. 매주 치아 스케일링까지 해줬더니 또또의 치아는 아주 건강해졌다.

그런 또또도 열다섯 살이 되면서 밥을 잘 안 먹기 시작했다. 산책하러 나가도 앞장서서 씩씩하게 걷지 않고 걷는 것을 힘들어했다. 가끔씩 머리를 떠는 경련을 일으켰다. 그리고 열어놓은 옷장 속에 들어가 지내곤 했다. 병원에 데리고 갔더니 이미 콩팥의 기능이 다했다고 의사가 말했다. 핏속의 노폐물이 몸 밖으로 배출되지 않으니까 너무너무 아파서 장롱 속에 숨었던 것이다.

또또를 하늘나라로 보내는 아픔이 커서 재현이 엄마는 새로운 반려견을 입양하고 싶어하지 않았다. 헤어지는 것에 대한 두려움을 딛고 별이를 입양하기로 결심한 것은 재현이었다. 집에서 늘 책을 읽고 글을 쓰는 나한테는 반려견이 꼭 필요하다는 게 재현이 생각이었다. 말하자면 별이는 재현이가 아빠인 내게 준 선물이었다.

마침 별이를 키우고 있던 집에서 더 데리고 있을 수 없는 사정이 생기면서 별이는 우리 집으로 왔다. 한 살짜리 청년 중의 청년이었다. 암컷 몰티즈였던 또또가 비교적 얌전했던 것과 달리 요크셔테리어에 몰티즈가 섞인 암컷 별이는 짓궂기가 짝이 없다. 양말과 신발을 비롯해서 안 물어뜯는 것이 없다. 택배 아저씨가 초인종을 누르면 미친 듯이 짖어댄다. 아파트 위층에 새로 이사 온 아저씨를 포함해서 사람도 두 번이나 물었다. 그래서 지금은 외출할 때 꼭 입마개를 하고 나간다. 기운이 넘쳐나는 세 살짜리 열혈청년 별이를 돌보기가 만만치 않다. 그래도 행복하기만 하다.

또또가 먼 길을 떠날 때부터 쓰기 시작한 애견 동시들을 모아 동시집으로 내게 되었다. 세 해가 지나가는 동안 써모은 시가 두 권 분량이나 되기에 우선 한 권부터 조심스럽게 세상에 내놓는다. 또또와 별이가 나를 시인다운 시인으로 만들어준 것 같다. 또또야, 고맙다. 별이야, 사랑해! 동시집을 내기까지 두 손 모아 기도해준 재현이와 재현이 엄마한테도 마음 깊이 감사한다. 애견 동시집 발간의 취지에 공감해 문화예술발전기금을 지원해준 성남시에 감사의 뜻을 전하고 싶다. 다른 무엇보다도, 출판 제안을 받아주고 책을 예쁘게 만들어준 한울엠플러스(주)의 김종수 대표님과 권서영 디자이너님, 성기병 편집자님께 깊이 감사드린다. 나의 위대한 영웅 또또에게 이 책을 바친다.

2016년 가을

분당 아파트에서 심양섭 씀

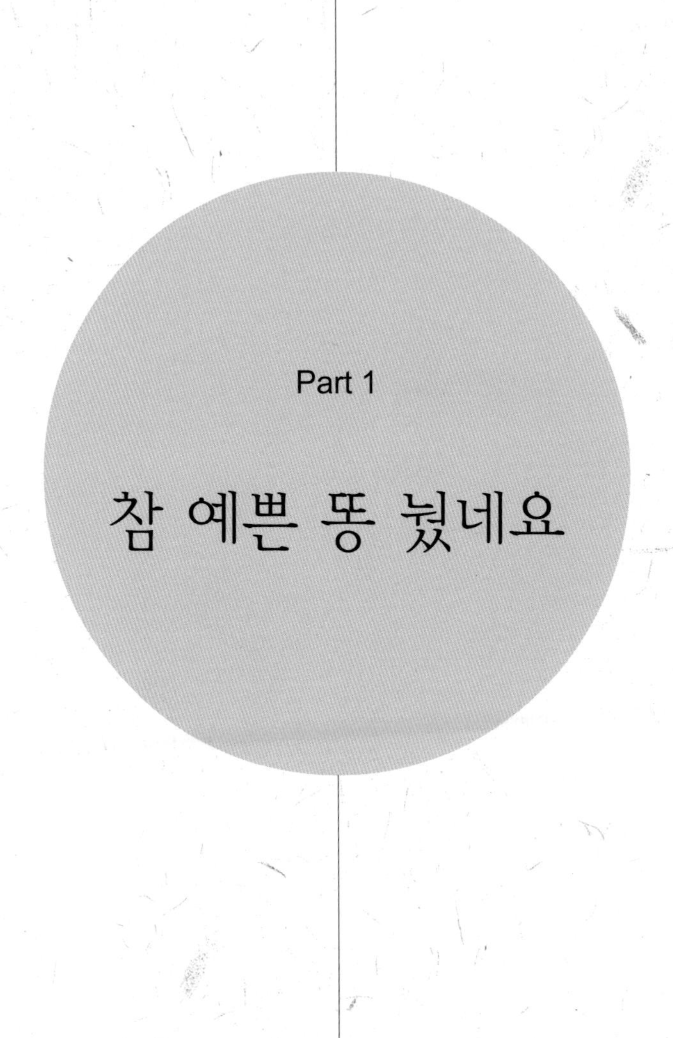

Part 1

참 예쁜 똥 눴네요

또또

하얀 눈밭에
까만 점 세 개

두 개는 너의 눈
한 개는 너의 코

내게 올 때는 세 살
떠날 때는 열다섯 살

봄 여름 가을 겨울
열두 바퀴를 함께 돌았구나

하얀 마음 밭에 점 세 개
콕! 찍어 놓고
하늘로 이사 갔니?

곁에 없을 때

재돌이는
엄마 아빠 유럽 여행 갔을 때 눈감았고

은퇴 안내견 대부는
엄마가 미국 형에게 갔을 때 숨 멈췄고

또또는
엄마 아빠가 군인 형 면회 갔을 때 하늘로 갔네

사랑하는 사람이 곁에 없을 때
그때가 가장 힘든가 봐

또또와 별이

또또야
하늘나라 이사 가서
친구 많이 사귀었니?

땀 뻘뻘 양재천 산책로를
함께 달릴 때가 젤 행복했다

지금은
너 닮은 별이와 산단다
안차고 다라진■
내 친구 별이

■ '겁이 없고 야무지다'라는 뜻의 '안차다'와 '여간한 일에 겁내지 않다'라는 뜻의 '다라지다'가 모였다.

이름

또또도 별이도
남이 지어준 이름

데리고 올 때부터
부르던 이름

또또는 똑똑했고
별이는 별처럼 빛나죠

사람도 개도
이름대로
이름값을 하며
살아야지요

요크셔티즈

별이는
요크셔테리어 아빠와
몰티즈 엄마 사이에서 태어난
요크셔티즈

굳센 노동자 아빠와
발랄한 공주 엄마의
장점만 물려받았죠

아빠 닮은 금발에 쫑긋 두 귀
엄마 닮은 동그랗고 새까만 두 눈
사막여우 닮은 올찬 별이

우리 집은 알록달록
다문화가족

■ 허술한 데가 없이 야무지고 기운차다.

첫날

별이 너를
처음 데리고 오던 날

콧수염 살려서 미용하고
노란 새 옷 갈아입고
밤길을 달려왔지

여기가 어디지?
낯선 듯 두리번두리번
밥은 먹는 둥 마는 둥

네 집에 들어가 잔 건
그날뿐이었지

다음 날엔 거실 소파,
안방 침대로 뛰어올랐지

휑뎅그렁 큰 집 안이 다
네 놀이터가 된 게지

가족

우리 집 네 식구
율동공원 가는 주말

토속음식점에서 점심 먹고
호숫가를 돈다

우쭐우쭐 뚤레뚤레
별이가 앞장서고
재현이는 까똑까똑
아내는 팔꿈치 힘껏 휘젓는다

우거진 느티나무 사이로
한 바퀴 돌면 바람이 노래하고
두 바퀴 돌면 호수가 춤춘다
네 바퀴 돌면 딱 이십오 리길

건강한
우리 가족

왜 다를까

개는 멍멍
도그는 바우와우■■

돼지는 꿀꿀
피그는 오잉크

닭은 꼬끼오 꼬꼬
치킨은 카커두들두

같은 소리인데
왜 다르게 쓸까

■ 경기도 성남시 분당에 있는 공원. 1999년 문을 열었고, 호수 주변 2.5km 산책로가 유명하다. 율동은 밤나무 마을이라는 뜻이다.

■■ 영어에서는 개 짖는 소리를 바우와우(bowwow), 돼지가 내는 소리를 오잉크(oink), 닭 울음소리는 카커두들두(cock-a-doodle-doo)라고 표기한다.

강아지 똥

말똥말똥 쳐다보는
똥글똥글 까만 두 눈

윤기가 좌르르르
하얀 김이 모락모락

우리 별이 공주님
참 예쁜 똥 눴네요

별이의 말

별이가 내 손을 핥고
얼굴을 핥습니다
사랑한다는 뜻입니다

식탁 아래서
살랑살랑 꼬릴 흔들며
빠안히 쳐다봅니다
빵 조각을 떨어뜨리라는 신호입니다

머리로 내 종아리를
툭툭 칩니다
산책 나가자는 말입니다

컹컹 컹컹
문 쪽을 향해 마구 짖습니다
낯선 사람이 찾아왔다는 소립니다

몸으로 하는 말

뱅글뱅글 도네
정말정말 좋다는 말

몸을 부르르 떠네
기분을 바꿔보겠다는 말

두 발로 폴짝폴짝 뛰네
너무너무 반갑다는 말

사랑하면
몸으로 하는 말
다 알아듣지요

앉아서 눈을 맞춰보세요
감정도 느낄 수 있어요

우리 집 시간표

득득 득득득
별이가 안방 문을 긁으면
아침

끙끙 끙끙끙
별이가 배고프다고 울면
점심

잉잉 잉잉잉
별이가 잠꼬대를 하면
잠잘 시간

도그 티브이

집에 혼자 있으면
새로운 취미 생활

도그 티브이 보노라면
시간 가는 줄 몰라요

심심해 잠만 잤는데
재밌는 친구 생겼어요

알아요

음악을 들려주면
두 귀를 쫑긋쫑긋

동시를 읽어주면
두 눈이 초롱초롱

별이도
즐길 줄 알아요
좋은 노래 고운 시

고마워

월요일 화요일
쓸쓸한 인생

수요일 목요일
고단한 인생

금요일엔 기진맥진

사랑해 별이야
네가 있어 덜 외롭다

행복

앞집에
누가 사는지 모르고

혼자
백 살까지 사는 시대

그래도 행복한 건
아침에 일어나면
안겨오는 우리 별이

나의 꿈은
반려견, 화초, 구피와 함께
하루하루 사는 것

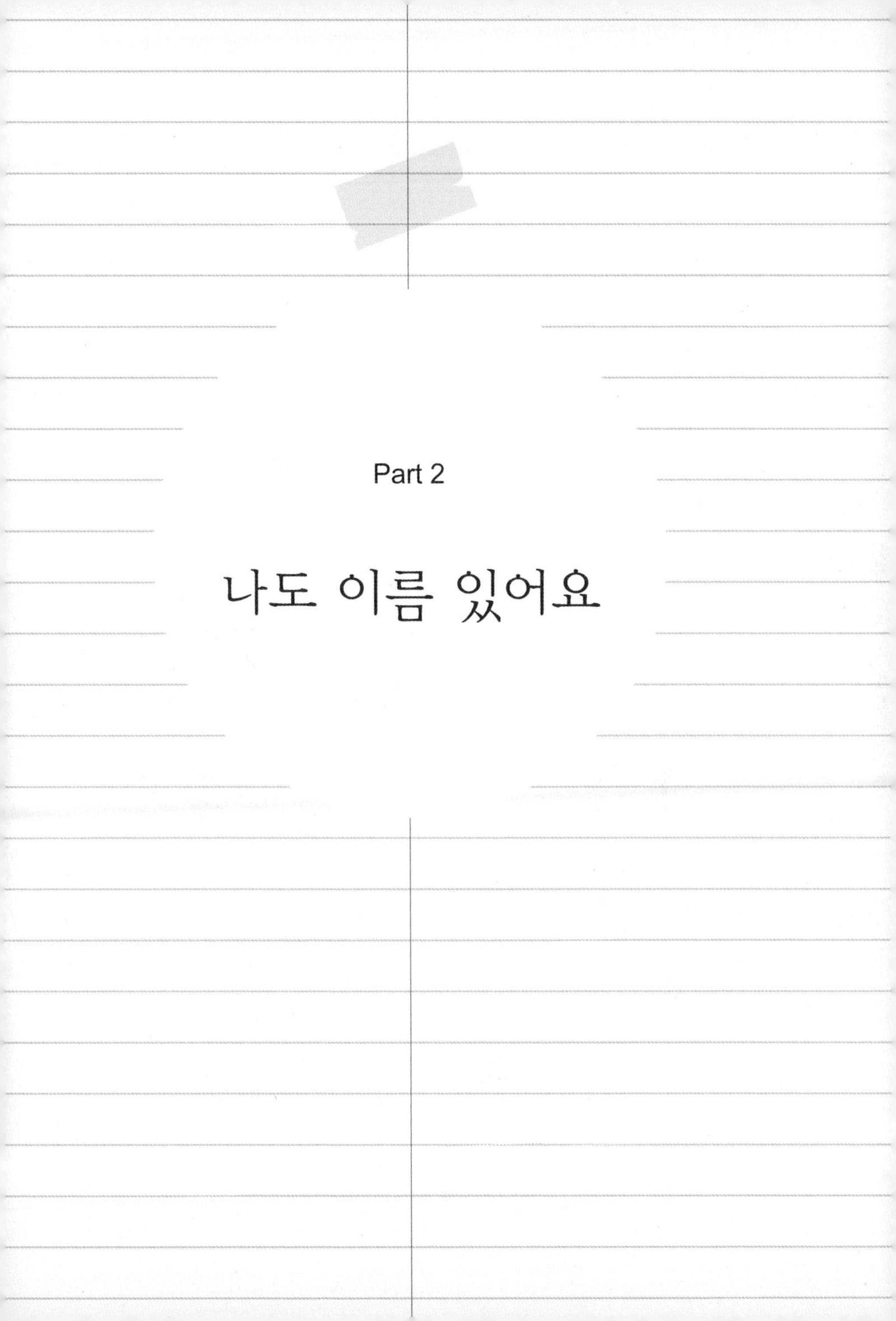

Part 2

나도 이름 있어요

새집 새 식구

나는 별이
한 살 때
새집에 입양됐죠

집안은 낯설지만
익숙한 냄새에
금방 좋아졌지요

옛집 옛 식구
만난 것처럼

새엄마 새아빠 새 오빠
새 동네
금세 정이 들었어요

나도 이름 있어요

멍멍아
워리야
강아지야

그렇게 불러도 되지만
나도 이름 있어요

별이야
불러 보세요

꼬리를 살랑살랑
잰걸음 졸랑졸랑
달려가서 안길 게요

이름부터 물어봐주세요

상희공원[■] 가니
언니들이 묻네요

— 여자예요?
네

— 몇 살이에요?
세 살

— 무슨 종이에요?
요크셔티즈
요크셔테리어와 몰티즈 혼혈아죠

친구 사귈 때 제일 중요한
이름은 안 묻네요
이름부터 물어봐주세요

■ 경기도 성남시 분당구 야탑3동에 있는 작은 공원으로, 1991년 12월 비행연습 중에 비행기가 추락하게 되자 민가를 피하려고 끝까지 탈출을 늦추다가 순직한 이상희 대위를 기념하기 위해 조성했다.

기다림

뚜벅뚜벅
문밖에 발자국 소리
누굴까

아빠면 좋겠는데
앞집으로 가버리네

기다림
끝없는 기다림
산다는 건 기다림

심심할 때면

심심할 땐
맛난 뼈다귀껌 뜯지요

답답할 땐
슬리퍼 물어뜯기

현관문 열릴 때
아빠!

풀쩍풀쩍 뛰어오르며
쏘옥 안기죠

딸 키우고 싶었던 아빠는
나를 딸처럼 귀여워하죠

나 홀로 집에

요집 조집 컹컹컹컹
아파트 개들 합창

얼굴 안 보여도
대화할 수 있죠

나 홀로 집 지켜도
외롭지 않아요

맘대로 놀이터

와글와글 애견공원
목줄 어깨줄 풀어놓고
동네 친구들 다 모였네

알록달록 옷차림
날씬 늠름 몸맵시
저마다 뽐내네

공 물어오기 시합에서
아슬아슬 졌지만
나는 마냥 신나요

아빠 엄마 가방 열면
밥, 통조림, 소시지, 비스킷이 가득
빙 둘러앉아 먹는 도시락

이곳은 우리만의
맘대로 놀이터

친구들

상희공원 가면
친구들 많지요

송아지만 한
리트리버 구름이

갈색 곱슬머리
푸들 여름이

눈보다 흰옷 입은
몰티즈 달콩이

애교 만점 납작코
시추 당글이

나만 보면
꼬리 세우고
살랑살랑 살랑살랑

말괄량이 별이

나는 말괄량이 별이
우리 동네 골목대장

함부로 덤비다간
으르릉 컹컹 혼나요

큰 친구들도
내 앞에선 조심한다구요

복수

오빠가 팬티를
내 머리에 뒤집어씌우면

나는 엉덩이를 오빠 얼굴에 대고
방귀를 뿌—웅 뀌죠

오빠가 내 몸을 베고 누우면
나는 누워서 오빠한테
오줌 분수를 쏘죠

나랑 장난쳐서
오빠가 이긴 적은 한 번도 없죠

닮고 싶어요

산속 눈밭 버려진 갓난아기 품어 살려낸
평북 정주 명견

다른 고장에 팔려갔다가
삼백 킬로미터를 달려 돌아왔다는 진돗개 백구

출퇴근 기차역에서
죽은 주인 십 년이나 기다려
교과서에 실리고 영화 주인공 된 하치

축음기 앞에서
음악 함께 듣던 주인의
목소리를 기다린다는 니퍼

옛 신문에서
이런 이야기 읽을 때면
가슴이 두근두근

내 안에 흐르는 피
속이지 않고
용감한 개 될 거예요

별이의 꿈

사람보다 먼저 우주선을 탔던 개
라이카[*]처럼
우주여행 가고 싶어요

이웃 달나라에 가
계수나무 밑
방아 찧는 옥토끼를 만날 거예요

더운 별 금성에 가면
불독 친구 여름이와 함께 멱 감고

추운 별 화성에 가면
앙증맞은 새침데기
시추 겨울이와 수다 떨 거예요

집으로 돌아올 때는
아름다운 푸른 별
사진 찍어 올 거예요

[*] 1957년 11월 3일 소련이 쏘아올린 무인 인공위성 스푸트니크 2호에 타고 있던 개.

쉬엄쉬엄

조금 걷다가는
배 깔고 엎드려요
네 다리 앞뒤로 쭈욱 뻗어요

땅바닥은 시원하고
풀밭은 푹신해요

아빠는 책 읽으면서
느긋하게 기다리죠

더울 때는 쉬엄쉬엄
열 식히면서 걸어요

더위 조심

오늘 낮에는
너무 더웠어요

해 빠지기를
목 빠지게 기다렸어요

저녁 먹고
아빠랑 산책했어요

더위 안 먹게
조심해야 해요

반성문

10층 아저씨,
별이에요
정말 미안해요
얼마나 아프셨을까요
처음 뵙는 얼굴이라 낯설었어요
얼른 나으세요
다음부터는 물지 않을 게요
아빠가 입마개 씌워주면 가만히 있을게요
용서해주시는 거죠? 네?

Part 3

움찔움찔 달싹달싹

군것질

냠냠냠냠
순살치킨 통조림

더 먹고 싶어
혀를 날름날름

밥보다 군것질
더 즐기는 편식쟁이

별이야
어쩜 그리 오빠를 닮았니?

별이의 취미

내 취미는 독서
책 읽으면 재밌어요

동화책 먼저 읽고
친구한테 읽어줘요

언니! 오빠!
게임만 하지 말고
우리 함께 책 읽어요

잠자는 별이

아빠가 낮잠 자면
별이도 아빠 곁에 발라당

끙끙 잉잉
움찔움찔 달싹달싹

꿈에 엄마를 만난 걸까
좋은 시간 가지려무나

걱정하지 마세요

— 별이야, 네가 소니?
풀을 왜 먹니?

속이 안 좋아서
토하려고 먹었어요

— 베란다의 산세베리아는
왜 뜯어 먹었니?

맛있어서 먹었어요
걱정하지 마세요

사냥

산책하다가 뭘 봤을까
쏜살같이 달려가는 별이

포르릉 푸르릉
나무 사이 참새도 달아나고

푸드득 푸드득
길가 비둘기도 도망가네

사냥하던 할아버지
그 피를 물려받았나봐

추억

한 해 두 번
생리하던 시절

기저귀 차고 지내다
산책 나가면 벗었죠

하루 두세 번 산책
아빠가 아무리 바빠도
함께 했었죠

중성화 수술[■] 후
지금은 추억이 된
잊지 못할 아가씨 시절

■ 암캐의 난소와 자궁을 제거해 새끼를 배지 못하게 하는 수술로 자궁암 같은 생식기 질환을 예방하기 위해 시술한다.

중성화 수술

나도 예쁜 아기
낳고 싶었어요

수술할 때
많이 아팠어요

말없이 참았지만
속으론 울었어요

선녀와 나무꾼

욕실 앞에 벗어놓은
아빠의 팬티, 바지, 셔츠
몰래 물어다 감추었지요

아빠는 선녀
나는 나무꾼

아이고, 재밌어라
아빠랑 장난치다 보면
소록소록 정들죠

명품이 좋아?

어디 갔지?
신발이 안 보이네요
별이도 명품을 아나 봐요
좋은 신발만 골라서 물어뜯죠

보물 찾듯 찾아내고
한번 물면 절대 안 놔요

왜 그럴까?
아, 알았다!
명품 너무 밝히지 말라는 거지?

등산

살랑살랑 산바람
아빠랑 등산해요

어깨줄 확 늘이고
입마개도 풀었어요

힘들어도 재밌어요
높은 산 올라가면

풀 냄새 향긋하고
숲길은 시원해요

산꼭대기에서 먹는
도시락 꿀맛이죠

오르락내리락 네 시간
신나는 하루였죠

산에 가면

산에 가면
별이는 들개가 됩니다

줄 잡은 나를 끌고
마구 뛰어오릅니다
저보다 열 배 더 무거운
나를 이끌어갑니다

낙엽 더미에 파고들어가
뒹굴뒹굴 뒹굽니다

산은 별이의 고향인가 봅니다

뒷발질

산에만 가면
나오는 버릇

오줌똥 누고나선
뒷발질로 흙 차기

들에 살 때
흔적 없애던 옛 습성

숲에선
살아남으려면
잘 숨겨야죠 자신을

소풍 도시락

아빠와 나의 산책 코스
분당 탄천 애견공원
우리 집 뒷산 꼭대기
피크닉 식탁에서 먹으면
맛이 열 배랍니다

아빠 가방에는
물, 물그릇, 밥그릇,
올리고당 비스킷,
모이스트 치즈버거……

여러분도 입맛 없을 때는
엄마 아빠랑 소풍 가세요

개 코

개 코는 늘 촉촉해요
못 맡는 냄새가 없죠

마약도 알아내고요
폭탄도 찾아내죠

테러범
콕! 집어내서
대통령상도 받았다니까요

그러니깐 개 코 같은 소리란 말
이제부턴 하지 마세요!

반려견

다독다독 다독이면
반짝반짝 너의 눈빛

덕지덕지 피로감이
휘리릭 사라지네

별이야
너는 나의 박카스
원기회복제

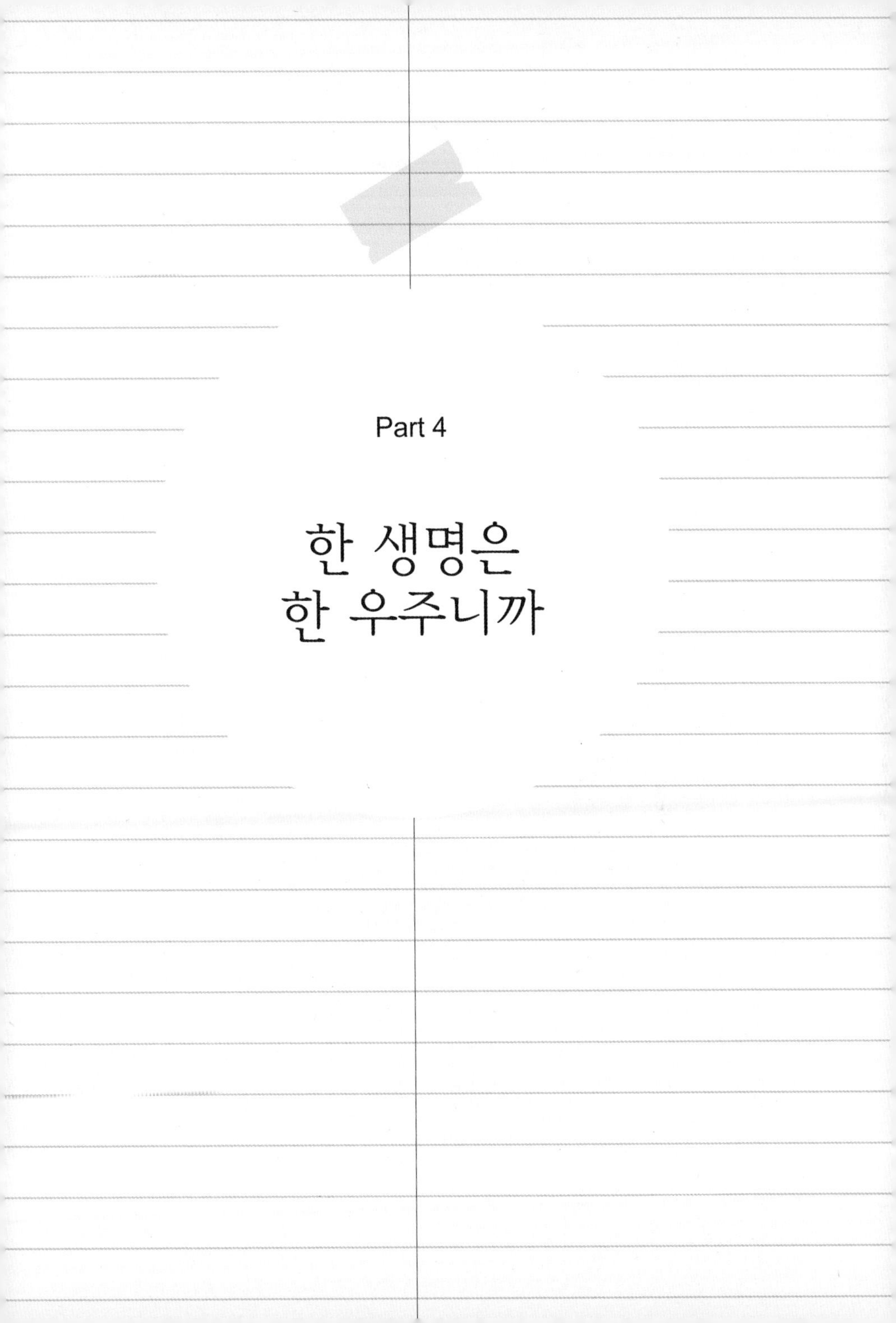

Part 4

한 생명은 한 우주니까

별이의 질문

꽃삽을
왜 늘 가지고 다니세요?

— 산책하다
강아지 똥 보이면 치우려고

내 똥도 아닌데요?

— 안 그러면 너까지 욕먹거든

작다고? 작아도!

나도 작지만
나보다 작은
친구들도 많아요

눈에 보이는 것만으로
판단하지 마세요

큰 것은 큰 것대로
작은 것은 작은 것대로

한 생명은
한 우주니까

제각각
개성을 존중해주세요

유기견

너무 짖는다고
털 날린다고
냄새난다고
병들었다고
둘 키우려니 벅차다고

그렇다고 버릴 거면
애초에 데려오지 말았어야죠

균형

버려진 강아지
마다않고 입양해서

반려견 삼고 사는
따뜻한 사람들

버리는 사람 있어도
돌보는 사람 있어서

균형이 맞춰지며
밝아지는 세상

풀어놓지 마세요

강아지한테 잘해준다고
목줄 풀어놨다가
잃어버려요
차에 치여요
물어요

애견공원 안에서만
자유롭게 해주세요

법과 질서,
나부터 지켜야죠

미용

여름이라고 강아지 털을
바싹 깎지 마세요

털이 짧으면
더 더워요

털은 최고의 옷
얼굴도 몸도 털이 있어야
멋있어요

사람 기준, 사람 편의로만
생각하지 마세요

그 정도는 알아들어요

굳은 얼굴로
째려보진 말아줘요

별이가 짖으면서
덤벼들지 몰라요

무심히 지나가든지
참 예쁘구나
칭찬해보세요

별이도 그 정도는
알아들어요

때

귀여운 아가도
하루 종일 돌보면 귀찮아요

예쁜 강아지도
똥오줌 치우고
씻겨주고
산책시켜줘야 돼요

마지막 이별 때는
눈물 많이 나죠

같이 놀아주고
이별의 두려움까지 이길 각오가 되었을 때
입양하세요

개 조심

'개 조심' 팻말
써붙이지 않았더라도
조심하세요

보자마자 반기는
강아지도 있지만

친구 되기까지
시간이 걸리는
강아지도 있어요

쓰다듬어도 되는지
주인한테 물어보세요

안 문다는 말

절대 절대 믿지 마세요
우리 집 개는 안 문다는 말

그 말 믿었다가
KT 인터넷 기사
네 번이나 물렸대요

작고 귀여워도
개한테는 무는 본성 있대요

이유가 있어요

— 왜 입마개 했어요?
내가 또 물까봐서요

— 10층 아저씨를 물었다구요?
우리 아파트에서 처음 보는 아저씨였어요
처음 맡는 냄새가 났어요
그래서 침입자라고 생각했어요

— 정수기 아저씨도 물었어요?
처음 보는 분은 아니었어요
초인종 소리 때문에 침입자인 줄 알았어요

— 또 물 거예요?
내가 아무나 무는 건 아니에요
다 이유가 있어요

따돌리지 마세요

강아지를 싫어하는
어린이들도 있지요

사귀어보지도 않고
미워하면 될까요?

용기를 내어
친구가 되어보세요

학교에서도
나하고 다르다고
친구를 따돌리지 마세요

다문화가정
탈북자 아이들도
사랑해주세요

욕심

우리 별이
군것질 좋아하지만
과식 안 하네요

밥그릇 한 번에 안 비우고
한번에 여러 가지 간식 주어도
아껴두었다가
하나씩 가져다 먹네요

식탐은
오히려 내가 못 고치는
나쁜 습관

모란장 누렁이

개고기 좋아하세요?
모란장[■]에 가보세요

누렁이 한 마리
십오만 원 부르네요

좁은 철장 안에
열 마리씩 바글바글

철장 안의 두려움이
사람 눈엔 안 보이죠

■ 경기도 성남시 성남동에서 열리는 오일장.

지은이 심양섭

서울대학교 동양사학과를 졸업하고 경향신문사와 조선일보사에서 기자로 일했습니다. 컴퓨터와 인터넷을 독학하면서 어린이 글쓰기 커뮤니티 사이트 송알송알koreakidnews.org을 만들어 운영하고 있습니다.

미국에서 1년간 연수하면서 아들 재현이의 미국학교 생활을 기록한 『미국 초등학교 확실하게 알고 가자』라는 책을 지었습니다. 2015년에는 수필집 『집사람이 된 그 남자』를 출간해 세종도서 문학나눔 부문에 선정되었습니다. 한국동화구연지도사협회에서 이사로 일했으며 현재는 동시작가, 시인, 수필가로 활동하면서 탈북청소년대안학교인 '남북사랑학교' 운영위원장을 맡고 있습니다.

이메일주소 ysgoodfriend@naver.com

너를 처음 만났을 때

내 작은 반려견에게 보내는 편지

지은이 | 심양섭
펴낸이 | 김종수
펴낸곳 | 한울엠플러스(주)

편집책임 | 임정수
편집 | 성기병
디자인 | 권서영

초판 1쇄 인쇄 | 2016년 12월 20일
초판 1쇄 발행 | 2016년 12월 30일

주소 | 10881 경기도 파주시 광인사길 153
한울시소빌딩 3층
전화 | 031-955-0655
팩스 | 031-955-0656
홈페이지 | www.hanulmplus.kr
등록번호 | 제406-2015-000143호

Printed in Korea.
978-89-460-6265-8 03810

* 이 책은 성남시 문화예술발전기금을 받아 발행했습니다.
* 책값은 겉표지에 표시되어 있습니다.